SHERLOCK HOLMES

大偵探福爾摩斯

少年福爾摩斯II之

猩仔神探

小孩綁架案

「不得了！不得了啊！」華生一踏進家門，就舉起手上的報紙興奮地叫道。

「**大驚小怪**的，難道有甚麼大新聞？」坐在沙發上的福爾摩斯看了看華生，拿下口中的煙斗問。

「李大猩，是李大猩啊！他登上了社會版的頭條！」

「頭條？難道他捉賊時**英勇殉職**，獲追頒英勇**勳章**了？」福爾摩斯戲謔地問。

「哎呀，你積一點口德行嗎？」華生走過來扔下報紙，沒好氣地說，「他從綁匪中救出一個人質，那個人質還是個小孩呢！」

「這麼厲害？」

福爾摩斯拿起報紙看了看，「真的是李大猩呢！看他神氣十足似的，好威風啊。咦？怎麼沒有狐格森的？」

「報上沒說，只是說李大猩單人匹馬潛進綁匪巢穴，一下子就制服了兩個綁匪，把被綁架的小孩子救了出來。」

「嘿嘿嘿，孖寶傻探最愛狗咬狗骨，狐格森看到報道沒自己的份兒，一定恨得咬牙

切齒了。」福爾摩斯笑道。

「對了，李大猩在訪問中還說，他小時候也破過一宗小孩綁架案，還說那個案子的案情錯綜複雜，他費了九牛二虎之力，才從被綁小孩留下的痕跡中找出線索，救回小孩一命。所以，他說自己對調查小孩綁架案駕輕就熟，一點也不困難云云。」

「甚麼？他真的這樣說？」福爾摩斯眉頭一皺，「這傢伙真的是恬不知恥，在記者面前自吹自擂也不臉紅呢。」

「啊？難道你知道他兒時破的那個案子？」華生訝異。

「知道啊。那個案子確實**錯綜複雜**，李大猩也確實從小孩留下的痕跡中找出很多線索，至於他是否救了小孩一命，這倒不好說呢。」福爾摩斯把弄着手中的煙斗，**若有所思**地一笑。

「夏洛克，走快一點吧！」猩仔向身後大叫。

「**匆匆忙忙**的幹甚麼啊？究竟你想帶我去

哪裏？」夏洛克問。

「別問那麼多好嗎？我想給你一個驚喜呀！」

「驚喜？你哪曾給過我驚喜？驚嚇倒多的是。」

「哎呀，算了，告訴你吧。」猩仔故作神秘地一笑，「嘻嘻嘻，我要帶你去見一個好朋友，你一定想認識他！」

「一定想認識？為甚麼？」

「嘿嘿嘿，因為——」猩仔一頓，然後煞有介事地説，「他是一個富家少爺！」

「富家少爺？我才不想高攀呢。而且，我今天有點頭痛，不能陪你玩了。再見！」夏洛克説完，想轉身就走。

「且慢！」猩仔慌忙把他攔住，一臉正氣地說，「**瑞士巧克力！**」

「甚麼意思？」

「他家裏有很多！」

「跟我有何關係？」

「想吃多少有多少！」

「我沒你那麼饞嘴。」

「**顯微鏡！**」

「甚麼意思？」

「想看多久就看多久！」

「這個嘛……」

「**地球儀！**」

「啊？」

「可以轉轉轉！轉不停！」

「可是……」

「**還有小提琴！**」

「真的？」

「可以隨便拉！」

「**走！**馬上去找你的朋友！」夏洛克興奮地拉着猩仔的手就走。

「哈哈哈，頭痛也好了吧？都說你一定想認識他的啦！」猩仔像**詭計得逞**似的咧嘴笑道。

「你的朋友甚麼都有呢。」夏洛克羨慕地說。

「他媽媽想他當**科學家**，又說音樂可以

陶冶性情，每天都要學好多好多東西，當然甚麼都有啦！」

「他是你的同學嗎？」

「不是啦，是我在街上路見不平，拔刀相助時認識的！」

猩仔突然凌空踢起一腳，滿臉霸氣地說，「我三拳兩腳打走了十幾個欺負他的頑童，就是這樣，他成為了我的好朋友。」

「十幾個？」夏洛克不敢置信。

「哇哈哈！故事誇張一點才精彩呀。當時，他請我吃了幾塊瑞士巧克力。哇！太好吃了！叫人念念不忘啊！於是，我舌頭一癢，就會去找他了。」猩仔臉不紅耳不赤地說，

「但這兩天已找了他三次，有點不好意思啦，就想到把你介紹給他認識了。你知道，有**藉口**就不會不好意思啦。」

「原來是**草船借箭**，用我來騙吃巧克力。」夏洛克終於明白了。

「你可以看顯微鏡和地球儀，又可以玩小提琴啊。我嘛，哈哈哈，可以吃瑞士巧克力，**各取所需**罷了！」

說着說着，兩人已去到一所**氣派不凡**的豪宅前。可是，他們通過閘門看到擺滿了盆栽的花圃後方，有兩個女人和兩個男人正圍着一扇窗，有點**神色慌張**地討論着甚麼。

人間蒸發

「唔？那不是**小象**書房的窗户嗎？他們圍在那裏幹甚麼呢？」猩仔感到奇怪，於是逕自拉開閘門，就往那幾個人走去。

夏洛克見狀，也連忙跟上。單憑那4個人的衣着，他就分得出他們的身份。穿着西裝的高個子，是**管家**；穿吊帶工人褲的矮個子，是**園丁**；穿圍裙的胖女人，是**女傭**；而穿着一身高貴套裝裙的少婦，當然是**小象的媽媽**了。

「**艾萊夫人**，少爺一定是從這個窗口走出去玩了。」管家向那位高貴的少婦說。

「不會吧？」艾萊夫人皺起眉頭說，「我叫他今早必須**做好功課**的呀，他怎會那麼大膽走出去玩呢。」

「想起來……」胖女傭想了想說，「少爺這幾天好像**心事重重**似的，真令人擔心啊。」

「這麼說來，昨天修剪花卉時跟他打招呼，他也只是垂着頭看着草地，完全沒理會我呢。」矮個子園丁說。

「那……那怎麼辦？小象去了哪兒呢？」艾萊夫人**心焦如焚**。

「怎麼了？怎麼了？」猩仔走過去高聲問道，「小象怎麼了？」

「你是誰？」管家訝異。

「我是小象的好朋友，剛好來找他要**巧——**」猩仔幾乎脫口而出，但馬上剎住更正道，「他要巧、**巧**、**考試**。對！他要考試，我來找他溫習功課的啦。」

「是嗎？可是，今早起來，他就不見了。」

艾萊夫人說，「我以為他在書房裏，本想打開門看看的，但房門被**反鎖**了。所以，就走來院子從窗口往裏面看，怎知道，他也不在書房內。」

「讓我看看。」猩仔走近打開了窗簾的**窗口**，往內看了看，「真的沒有人呢！」

「你是少爺的朋友，知道他去了哪裏嗎？」管家問。

「不知道啊。不如進書房看看，說不定他留下了去哪裏的**字條**呢！」猩仔提議。

「可是，他反鎖了門啊。」胖女傭說。

「哎呀，這個**太簡單**啦！」猩仔說着，轉過頭來向夏洛克說，「你爬進去開門吧。」

「**我？**」忽然被猩仔點名，夏洛克不禁一怔。

「你身子輕巧嘛。」猩仔**理所當然**似的說，「我雖然也可以爬進去，但今早吃得太飽了，恐怕會把窗框**踩爛**啊。」

「這也好。」艾萊夫人向夏洛克說，「麻煩

你了。」

「是嗎？」夏洛克只好點點頭，走到窗前去。可是，當他正想爬上去時，卻突然止住了。

「**怎麼啦？**沒吃早飯嗎？」猩仔說，「這麼矮的窗也沒氣力爬上去？」

「不，這裏有個**鞋印**啊。」夏洛克指着窗邊的**木框**說。

「甚麼？」眾人馬上湊過去看。果然，窗框上有個清晰可見的鞋印。

「呀！」胖女傭叫道，「我認得，這是**少爺的鞋印**！」

「唔……是右腳的鞋印呢……」猩仔托着腮子，裝模作樣地分析道，「而且鞋頭向外，他一定是踏在窗邊上，然後跳出窗外離開了。」

「對，一定是這樣。」管家説，「正如我剛才猜測那樣，他是從這個窗口偷走到外面去了。」

「事不宜遲，快進去看看吧！」猩仔説。

「好的。」夏洛克説着，就抬高右腳踏上了窗邊。由於窗下擺了一張書桌，他就用左腳踏到桌上，再騰出右腳踏在桌前的椅子上當作腳踏，跳進了房內。他看到，桌上有一個插着文具的筆筒、一本打開了的作業本、幾本疊得很整齊的書、一個寫着「Swiss Chocolate」

的木盒，和一個擦得亮晶晶的**顯微鏡**。

接着，他又掃視了一下房內，看到其中兩面牆都是書架，架內更整整齊齊地排滿了書，書本之間還擺放着一個**地球儀**。不過，奇怪的是，第三面牆的下方竟有一張窄小的**單人床**。但他想了一下，就馬上明白了。小象一定是個很勤奮的學生，常常在書房裏温習功課，累了就在床上小睡片刻。所以，他的媽媽特意在房內放一張小床了。

「**喂！**怎麼不開門呀！我們已在書房門口啊！」猩仔的叫聲打斷了夏洛克的**思緒**。

「來了、來了。」他趕忙走去拉開門閂。

門一打開，猩仔就衝了進來，並**急不及待**地左看看右看看。沒有甚麼發現後，他又蹲了下來，看了看床底下。

「**咦？有一隻皮鞋呢！**」說着，他伸手抓住鬆脫了的鞋帶，把那隻皮鞋拉了出來。

「這是小象**最喜歡的皮鞋**，他在上學期考第一時，我送給他的。可是，還有一隻呢？」艾萊夫人接過皮鞋說。

聽到女主人這麼說，胖女傭慌忙在房中找了一下，雖然沒發現另一隻鞋子，卻在桌子下面撿到**一張紙**。

「給我看看。」猩仔奪過紙張一看，不禁**面色大變**。

「怎麼了？」夏洛克湊過去看，只見上面寫着：

猩仔「**咕咚**」一聲吞了一口口水，才懂得說：「小象……小象原來被**綁架**了！」

猩仔的推理

「甚麼？」艾萊夫人大吃一驚。

猩仔把紙張遞過去，問道：「伯母，你看看，這是小象的字跡吧？」

艾萊夫人一看，霎時臉色煞白，好像要昏倒似的全身晃了晃。管家見狀，慌忙衝前扶住了她。

「這……這是小象的字跡……」艾萊夫人顫抖着嘴唇說，「怎會這樣的？是誰？為甚麼綁架他？」

「紙上寫着『準備錢』，會不會……是

擄人勒索？」胖女傭語帶驚恐地猜測。

「可是，小象不是爬出窗外走到外面玩嗎？」夏洛克説，「窗框上的鞋印就是證明啊。」

「不！紙上的留言推翻了剛才的推理！其實，小象不是自己偷走，而是被人擄走的！」猩仔大聲斷言。

「啊……」矮個子園丁發出了恐懼的叫聲。

「但我不太明白……」夏洛克略帶猶豫地提出質疑，「如果是擄人勒索，綁匪為何不留下勒索信，而讓小象寫下留言呢？」

「對，為甚麼？」管家也問。

「這個嘛……」猩仔想了想，突然眼前一亮，「我明白了！綁匪是一時興起犯案，所以沒有提前寫好勒索信，但臨時寫的話又怕留下筆跡，就只好叫小象寫下**留言**了！」

「說得對，很有道理呢！」胖女傭用力點頭。

「當然有道理！」猩仔得意地說。然而，他剛說完，忽然又盯着艾萊夫人。

「又怎麼了？」夏洛克問。

「**哇哈哈**，又有發現了！看！小象被擄的

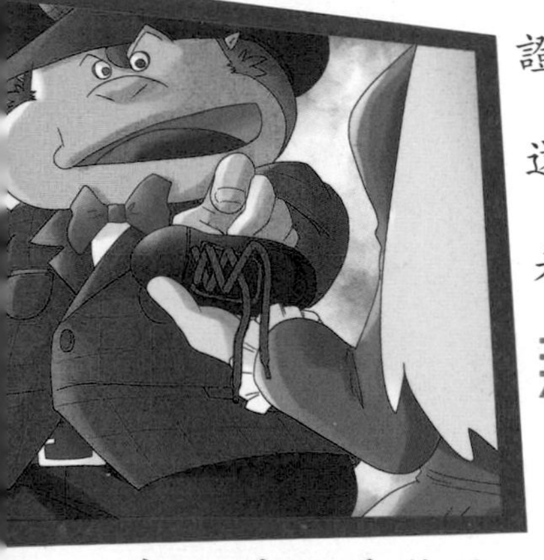

證據不僅是紙上的留言，而且還有——」猩仔大手一揮，指着艾萊夫人說，「伯母手上的**那一隻皮鞋**！」

「我手上的……？」艾萊夫人看了看鞋子，訝異地問，「甚麼意思？」

「伯母，你剛才不是說過嗎？」猩仔眼底**寒光一閃**，「小象最喜歡就是這雙皮鞋了，如果這是真的，他為何留下**左腳的鞋子**，只

穿着**右腳的鞋子**走了呢？」

眾人**面面相覷**，看來完全沒想過這個問題。

「不明白嗎？想像一下以下的情景就馬上明白了。」猩仔**滔滔不絕**地推論，「小象被擄走時，剛好正想上床小睡片刻，於是他脫掉了**一隻鞋子**，當要脫掉**另一隻鞋子**時，綁匪闖進來，威脅他在紙上寫下那句**留言**，再強逼他爬出窗外，並在**窗框**上留下了鞋印。所以，他留下的這一隻皮鞋，已可證明他是被擄走的！」

「好厲害，竟從一隻鞋子就能把**犯罪過程**推論出來。」夏洛克心中暗讚，他沒想到猩仔**突顯神威**，竟然推理得這麼**頭頭是道**。不過，他總覺得當中有些不穩當的地方，但又想不到是甚麼。

猩仔說完，走到書桌旁看了看那本攤開了的**習作本**。

「唔？是數學習作呢。」猩仔瞪大眼睛說，「嘩，好多道數學題，全部都好難解答啊！難怪小象只**做了一半**就做不下去了。」

「不會吧？」艾萊夫人走過去檢查了一下習作本，「昨晚我叫他**一定要完成才能睡**的

啊。怎麼做了一半就停呢？」

「甚麼？你叫他必須做好才能睡嗎？」猩仔眼前一亮，「呀！我知道小象被擄的時間了！」

「你怎知道的？是甚麼時間？」管家緊張地問。

「你沒看到嗎？它就是時間呀。」猩仔指着習作本說，「伯母說小象要做完數學題才能睡，但本子上只完成了一半，不是正好說明，他是昨晚睡覺之前被擄走的嗎？」

「啊！了不起！」胖女傭驚呼，「只是從一本習作就能作出這麼精彩的推理！」

夏洛克看了看那張小床，被褥和枕頭都

擺得整整齊齊的沒動過。這麼看來，小象確實在睡覺之前已被擄走了。

「小意思、小意思。」猩仔咧嘴一笑後轉過頭去，假裝不經意地看到桌上的木盒，「咦？好漂亮的盒子呢。」

「啊，那是買來獎勵小象的巧克力。」艾萊夫人說，「是我特意從瑞士訂來的。」

「是嗎？」他裝模作樣地笑了一下。但夏洛克知道，其實他早已注意到那是一盒瑞士巧克力了。

「讓我打開來看看，或許有甚麼線索呢。」

猩仔故意小心翼翼地打開盒子。

這時，夏洛克瞥見，盒中分成**10格**，當中9格都放滿了不同形狀的巧克力，但右下角那1格卻只有1顆**心形巧克力**。

「這些巧克力沒甚麼特別呢。」猩仔說着，卻老實不客氣地拿起那顆心形巧克力**塞**進口中，「接着還要開動我的腦筋調查此案呢，聽說巧克力有助思考。」

「是嗎？」管家問，「那麼，下一步怎辦？是否去**報警**？」

「**不!**」艾萊夫人連忙阻止，「小象的留言不是說了嗎？不能報警啊！」

「對，不能報警。」猩仔**舔**了一下嘴唇，又抓起一顆巧克力塞進口中，「報警的話，小象可能有危險。」

「那麼，你有甚麼**打算**？」夏洛克問。

「你吃不吃？真的很好吃啊。」猩仔又撿起一顆，**答非所問**地說。

「哎呀，我問你有甚麼**打算**呀。」夏洛克沒好氣地說。

「啊，這個嗎？不如到外面看看吧，或許綁匪留下了甚麼線索。」說完，他把那顆巧克力丟進口中，又「**嗖**」的一下，迅速抓了一把巧克力塞進口袋中。

眾人離開書房，走到書房前的**院子**內。猩仔從窗口下面開始，低着頭**一步一步**地一

邊移動一邊檢視着地面，夏洛克等人跟在他後面，也小心翼翼地低頭搜索。

「呀！有血！」突然，猩仔指着地面大叫起來。

祈福舞

「甚麼？」眾人大驚，馬上走過去看。

果然，在距離窗口十來呎的地磚上，可看到一滴滴血跡**彎彎曲曲**地往花圃伸延開去。

「血……血……是小象的血……」艾萊夫人已被嚇得**面如死灰**。

夏洛克沒想到事態如此嚴重，連忙循着血跡追蹤而去。當他追到**花圃**前時，發現同一個位置上有十多滴血後，**血的軌跡**就中斷了。

「小象……小象他……不會遭遇不測吧？」胖女傭**心慌意亂**地問。

矮個子園丁也彷彿被嚇壞了似的，只懂得呆呆地盯着那些血跡，不知如何是好。

「不必擔心！」突然，猩仔**信心十足**地說，「這些血證明小象只是被綁匪扛在肩上擄走了，並沒有生命危險！」

「啊！真的嗎？」已嚇呆了的艾萊夫人，**六神無主**地問。

「當然是真的！小象只是被嚇得**流鼻血**罷了。當他被扛在肩上時，血就一滴一滴流下來了。況且，如果他已死了，綁匪還把他擄走幹嗎？人質死了的話，就無法勒索贖金呀。」

「有道理！小象確實有**流鼻血**的毛病。」管家說。

「那……那麼接下來怎辦？」艾萊夫人問。

「繼續**搜**，看看還有甚麼線索吧。」猩仔說。

「好吧。」夏洛克點點頭，就走進了花圃繼續搜索。

不一刻，突然響起了「**哇呀**」一下大叫，只見胖女傭指着一盆玫瑰花，全身哆嗦着說：

「鞋……鞋子……」

夏洛克馬上衝前去看，原來有**一隻皮鞋**掉在那盆玫瑰花的旁邊，款式與書房那隻是**一模一樣**的。

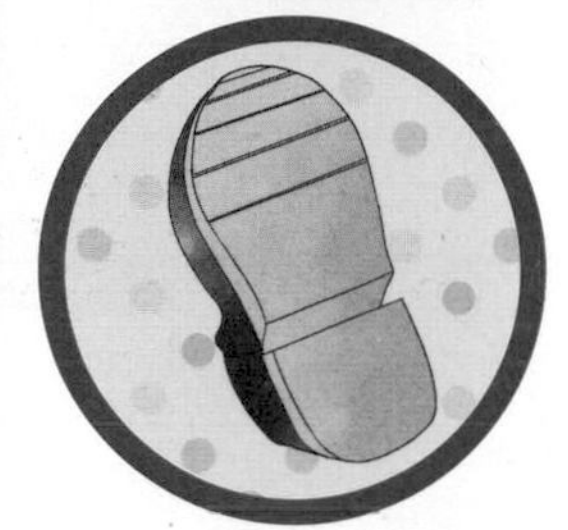

「是小象的鞋子！」猩仔走過去把皮鞋撿起來看了又看，「右腳的，錯不了。」

「為甚麼……這隻鞋子會在這裏呢？」艾萊夫人**憂心忡忡**地問。

「唔……」猩仔想了想，指着鞋子說，「它的**鞋帶**也鬆開了，正好證明我剛才的推理，小象正想睡覺時脫掉一隻鞋子，還未來得及脫**另一隻**，就被綁匪劫持了。不過，當綁匪強行把他抬走時，他拚命掙扎，就意外地把鞋子甩掉，掉在這裏了。」

說到這裏，猩仔突然眼前一亮，

在那盆盆栽旁蹲了下來，小心翼翼地伸出手指，從其中一枝玫瑰花的花梗上撿下一根棉絮。夏洛克注意到，那根棉絮是白色的。

猩仔站起來，向艾萊夫人說：「從花梗的高度看來，棉絮應是從褲子上鈎下來的。伯母，小象昨晚穿的褲子是甚麼質料和顏色？」

「黃色，質料是燈心絨。」

「黃色的燈心絨嗎？那麼，這根棉絮就不是小象的了。」猩仔說。

「你的意思是，綁匪穿的褲子是**白色**的？」夏洛克問。

「問對了一半。」猩仔説着，向小伙伴別有意味地遞了個**眼色**，並悄悄地往下看了看。

夏洛克意會，也循猩仔的線視看去。

「**啊**……」夏洛克心中不禁暗叫，他看到猩仔手上竟拿着一枝不知在何時折下來的**帶刺的花梗**！

猩仔把艾萊夫人拉到一旁，湊到她的耳邊輕輕地吐出一句：「伯母，這個案子很快就破了。」

「甚麼？」艾萊夫人詫然。

「我已知道綁匪是誰了。」

夏洛克聽到猩仔那輕得幾乎聽不到的**斷言**，心中不禁大吃一驚，完全沒想到自己的小伙伴竟然這麼快就查出**綁匪的身份**。

「那麼……綁匪是？」艾萊夫人**戰戰兢兢**地問。

「嘿嘿嘿……」猩仔狡黠地一笑，把手上的鞋子扔到地上，壓低嗓子應道，「好戲馬上上演，伯母，你等着瞧吧。」

說完，猩仔走到高個子管家面前，嚴肅地問道：「管家先生，你昨晚**深夜**在甚麼地方？有見過小象嗎？」

管家雖然被問得有點愕然，但**毫不猶豫**地

應道：「我昨晚**10點左右**就睡了，在晚飯時見過小象後，就沒有見過他。」

猩仔**裝模作樣**地點點頭，然後走到胖女傭的面前，問道：「那麼，你呢？你昨晚深夜在甚麼地方？有見過小象嗎？」

「我……我嗎？」胖女傭**神經兮兮**地回答，「我也是在晚飯時見過小象後，就沒有再見過他了。對了，我是在**9點半左右**就上床的。」

「是嗎？睡得很早呢。」猩仔以懷疑的眼神向胖女傭瞥了一眼後，走到矮個子園丁面前，只是默默地盯着對方，卻不說話。

「怎……怎麼了？」園丁被盯得有點**不知所措**，於是問道。

猩仔沉默片刻後，才問：「你呢？昨晚深夜在哪裏？有見過小象吧？」說完，他還悄悄地往下**瞄**了一眼。

夏洛克看在眼裏，卻不明白猩仔的用意。

「我……我……」園丁**戰戰兢兢**地說，「我自昨天下午起就沒見過小象，晚上大約**10點半左右**才睡。」

猩仔「嗖」的一下忽然轉過身去，背着園丁問：「真的？」

夏洛克眼尖，看到猩仔在轉身時，手上的**花梗**在園丁的褲子前**一掠而過**。

「真的。不過，我昨夜10點左右經過前院時，看到小象的書房仍**亮着燈**。」

「經過前院？那麼，你有走近花圃嗎？」

「**花圃？**」園丁緊張地吞了一口口水，才答道，「沒……沒有呀。我只是走過前院罷了，並沒有走近花圃那邊啊。」

「那麼，你看到小象在書房內嗎？」

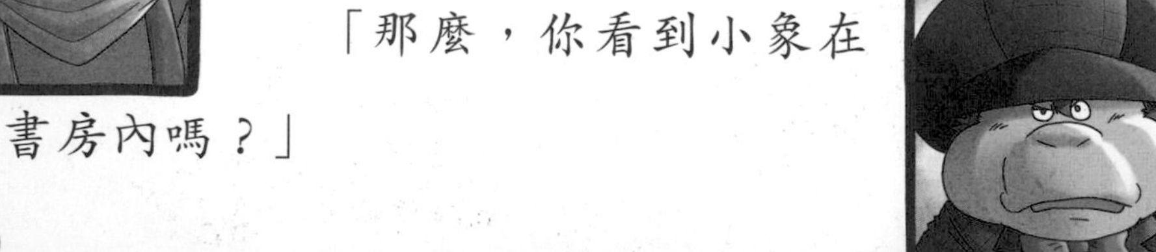

「這……這個嘛……」園丁努力地回憶，「當時好像拉上了**窗簾**，沒看到書房裏有沒有人。」

「好像拉上了？」猩仔眉頭一皺，「究竟是拉上了，還是沒拉上？」

「這個……」園丁搖搖頭，「真的不記得了。」

「你的**褲子**很漂亮呢，昨天也是穿這條褲子嗎？」猩仔**莫名其妙**地問。

「是的，也是這條褲子。」

「明白了。」猩仔咧嘴一笑，又向園丁、管家和女傭掃視了一下，說，「來！我們一起跳一支**祈福舞**吧。」

「祈福舞？甚麼意思？」高個子管家感到莫

名其妙。

「很簡單，只是一邊**拍掌**，一邊把左小腿和右小腿屈曲起來，交替地**往後踢**就行了。」

「可是，為甚麼要跳祈福舞？」艾萊夫人感到疑惑。

「對，為甚麼？」夏洛克也不明白。

「**為小象祈福呀。**」猩仔理所當然似的答道，「跳完這支舞後，就能找出綁架小象的歹徒了。」

「**別胡鬧！**」管家按捺不住罵道，「跳個甚麼祈福舞就能找到歹徒？怎可能？」

猩仔沒理會管家，只是望向艾萊夫人說：

「伯母，要找回小象，就得跳這支舞啊。否則，我也**愛莫能助**。」

「這……」艾萊夫人有點困惑地看了看管家他們，又看了看猩仔。

「叫他們跳吧。」猩仔以**不容抗拒**的語氣說。

「這……」

「**跳吧。**」

「可是……」

「**跳吧。**」

「不過……」

「**跳吧。**」

「好吧。」艾萊夫人感受到猩仔的堅決，就向管家3人說，「你們跳吧。」

「甚麼？夫人，這個**小胖子**只是胡謅而已，怎可相信他跳甚麼祈福舞！」管家更生氣了。

「對，這也**太過分**了。」胖女傭也抗議。

「對對對，**太過分**了。」園丁連忙幫腔。

「這……」艾萊夫人不知如何是好。

猩仔突然向夏洛克說：「他們可能有點害羞，**你先跳吧**。」

「甚麼？我先跳？」夏洛克**啞然**。

「對，我來示範，你跟着我跳，他們就不會害羞了。」猩仔向夏洛克遞了個**眼色**。

「那麼，好吧。」夏洛克無奈地答應。

「看着啊！」猩仔邊打拍子邊叫道，**「一、二、三，拍拍掌。」**

他「**啪、啪、啪**」地拍了三下手掌。

「*右腿曲一曲，往後踢啊踢！*」説着，他曲起右小腿往後踢了踢。

「*左腿曲一曲，往後踢啊踢！*」説着，他曲起左小腿往後踢了踢。

「來！跟着我！」猩仔向夏洛克叫道。

「**一、二、三，拍拍掌。**」

「*右腿曲一曲，往後踢啊踢！*」

「*左腿曲一曲，往後踢啊踢！*」

看到猩仔和夏洛克兩人跳得起勁，艾萊夫人也學着跳起來。管家等人見到夫人也跳了，只好硬着頭皮也跳起來。

「**一、二、三，拍拍掌。**」

「*右腿曲一曲，往後踢啊踢！*」

「*左腿曲一曲，往後踢啊踢！*」

眾人在打拍子的喊叫聲中，整齊地跳起來了。

「向後踢得高一點！

腳底要朝天！」猩仔喊道。

聽到指令，眾人只好踢得更用力，儘量把腳底踢得**朝天**。

「很好，很好呢。」猩仔一邊稱讚，一邊繞到眾人身後。

待眾人多踢幾下後，他突然大喊一聲：

「**停！**」

「**嗟**」的一聲響起，眾人像軍隊的步操被剎停般，急急地停了下來。

「很好，很好。」猩仔回到眾人面前滿意地笑

道，「跳得實在好。」

「那麼……」艾萊夫人**戰戰兢兢**地問，「找到歹徒了嗎？」

「對，找到了嗎？」管家擦了擦額頭上的汗，也急切地問道。

「嘿嘿嘿……」猩仔**故弄玄虛**地笑了笑，「你們跳得那麼賣力，當然找到了。」

「**是誰？**」胖女傭問。

「還用問嗎？綁走小象的歹徒，就是——」猩仔説着，突然大手一揮，猛地指向園丁，「**他！**」

「我……？」園丁被嚇得一臉愕然，「小胖子，你**含血噴人**！我怎會綁架少爺，你……你有甚麼**證據**指控我？」

「哼！證據？你沒看到嗎？」猩仔揮動了一下手上的**花梗**，「**這就是證據！**」

「那不只是一根花梗嗎？」艾萊夫人訝異地問，「怎會是證據？」

「對，花梗怎會是證據？」管家和胖女傭也**異口同聲**地問。

「哎呀，你們看清楚好嗎？」猩仔沒好氣地説，「我是指花梗上**鈎**着的東西呀。」

「啊！」這時，夏洛克才注意到——花梗的刺上鈎着一條**白色的棉絮**！他終於明白了。猩仔在質問園丁時拿着花梗在園丁的褲子前**一掠而過**，為的是鈎下褲筒內的棉絮！而這條棉絮，與在花圃中找到的棉絮一樣，都是**白色**的。

猩仔走到園丁前，嚴詞喝問：「你説昨夜沒有走近花圃，那麼，花圃的玫瑰花花梗上，為何會鈎下你**褲筒的棉絮**？」

「這……」

園丁眼神閃爍，猶豫了片刻才答道，「我常在花圃工作，可能……可能是之前鈎下來的吧。」

「對，他是園丁，工作時鈎下棉絮並不奇怪啊。」夏洛克覺得園丁説得有理，於是也提出質疑。

聞言，艾萊夫人等人也滿面疑惑地看着猩仔，等待他的回答。

「哇哈哈，早知你們會這樣問的啦。」猩仔成竹在胸地笑道，「所以，我才要你們大跳祈福舞啊。」

「甚麼意思？」夏洛克問。

「還不明白嗎？」猩仔説着，突然閃到園丁身後用力一**拉一扳**，就把園丁硬生生地扳倒在地上。

「啊！」眾人被這**突如其來**的舉動嚇了一跳。

「你想幹甚麼？」管家喝問。

「還要問嗎？答案就寫在他的**鞋底**上呀！」猩仔一手抓起園丁的右腳，「看！他的鞋底上不是沾了**血**嗎？」

聞言，眾人往園丁的鞋底定睛一看，**不約而同**地發出了一下**驚呼**。

當然，夏洛克也看到了。園丁的鞋底確實沾着一些**深紅色的東西**，看來是乾了的血。

「我叫大家跳**祈福舞**，只是想看看他的鞋底罷了。」猩仔說，「如果叫他讓我檢視鞋底，他一定會趁機在地上擦一擦，把血跡擦掉啊。」

「原來是這個緣故，**小胖子**好厲害啊。」胖女傭佩服得兩眼發亮。

「喂，甚麼小胖子、小胖子的，沒名字讓你叫嗎？」猩仔撇撇嘴不滿地說，「***我是猩仔，你們就叫我——***」

說到這裏，猩仔突然停下來，擺了個不可一世的姿勢喊道：

「就叫我——

天下無敵、舉世無雙、

料事如神的猩仔神探吧！」

聽到小伙伴這麼說，夏洛克「**咕咚**」一聲吞了一口口水，連自己也感到尷尬地說：「你這個**稱號**也實在太誇張了吧，很難叫人一口氣唸出來啊。」

「啊？是嗎？」猩仔笑嘻嘻地說，「說的也是，太厲害的人應該低調一點，就簡化一下，叫我**猩·仔·神·探**吧。」

說罷，猩仔猛地轉過頭去，惡狠狠地盯着園丁說：「快**從實招來**，究竟把小象綁架到哪裏去了？」

「**對！快說！**」本來不相信猩仔的管家，也催迫道。

「真……真的……不是我綁架了少爺啊。」

園丁一臉冤枉地說。

「還想狡辯？」猩仔**咄咄逼人**地說，「不是你幹的話，為何你的鞋底沾了**血**？」

「這……我也不知道啊。」

「嘿，你不知道嗎？我可知道呢。」猩仔冷笑道，「你昨夜把小象扛在肩上在前院離開時，沒察覺小象被嚇得**流鼻血**。於是，連踏到了他滴下的血也不知道吧？」

「對！夫人，一定是這樣！」管家也**吶喊助威**，向仍茫然**不知所措**的艾萊夫人說。

「可是……」夏洛克想了想，看了看園丁說，「他把小象扛在肩上的話，小象應是**頭**

向後，屁股向前。這麼一來，小象滴下的鼻血就會滴在他的身後。那麼，他又怎會踏到身後的血呢？」

「哇哈哈！這個問題嗎？我早已想到合理的解釋啦。」猩仔信心滿滿地說。

「甚麼解釋？」夏洛克問。

「小象會掙扎的呀。」猩仔指着園丁說，「當小象掙扎時，這傢伙就會偶爾失去平衡退後一步，於是，就剛好踏在身後的血上了。」

「太厲害了！」胖女傭佩服得五體投地，「這分析簡直無懈可擊啊！」

這時，本來仍半信半疑的艾萊夫人已完全相信猩仔了，她走近園丁，懇切地哀求：「我

平時也待你不薄，求求你，小象在哪裏？快告訴我吧。」

「**夫人**……」

園丁不知如何是好，「不……不是我幹的啊。真的……不是我幹的啊。」

「你放心，只要你放了小象，我就當作沒事發生，不會責怪你。」艾萊夫人兩眼已眶滿了淚水，把小象的**鞋子**遞到園丁眼前說，「小象是我的**命根**，他萬一出了甚麼意外，我怎辦啊？」

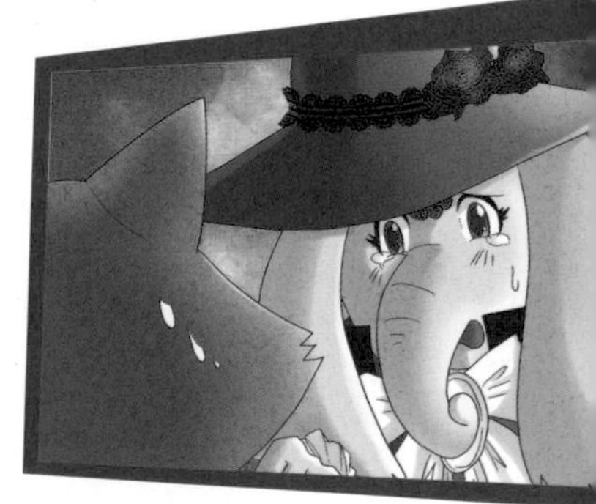

「夫……夫人……」園丁哭喪着臉說，「我……我……其實只是**偷了一隻雞**……」

「**雞？**」眾人聞言，都呆住了。

「你說偷了**一隻雞**？究竟是甚麼意思？」艾萊夫人訝異地問。

「其實……我昨天黃昏**偷了一隻雞**，準備把牠宰掉時，只割了一刀，就給牠**掙脫**逃走了……我慌忙去追，好不容易才把牠捉住……可能，就是在那個時候踏到牠流下的**血**……」

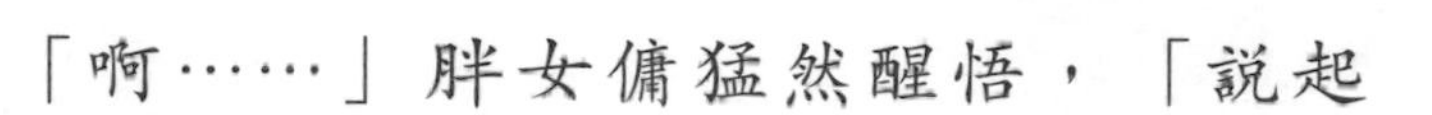

「啊……」胖女傭猛然醒悟，「說起來，昨天真的不見了一隻雞，我還以為牠走脫了呢。」

「唔……」夏洛克沉思片刻，說，「從血跡在地上形成**彎彎**

曲曲的路線看來，確實像一隻雞被人追趕時留下的呢。」

「哼！不要那麼輕易就相信這傢伙的說話啊！」猩仔搶道，「他只是隨便編個故事，想**蒙混過關**罷了！」

「**編故事？**我……我沒有編故事！是真的！」園丁慌忙為自己辯護，「我……我就算編故事，也不會想到用**一隻雞**來編吧？」

「猩仔，他講的也有點道理。」夏洛克說，「一個人就算說謊，也確實不會在剎那間想出那麼**荒唐的故事**。」

「不！有可能！」胖女傭忽然說。

「甚麼意思？」管家緊張地問。

胖女傭瞪大眼睛指着園丁說：「我昨天問過

他那隻雞的事，他說沒看到。就是說，他從我口中知道走脫了一隻雞，**順理成章**，就想到用一隻雞來**編故事**了。」

「哇哈哈！胖姐姐真有點本事，那麼快就學會了我的**邏輯推理**！」猩仔**得意忘形**地向夏洛克笑道，「這麼一來，就能說明他為何懂得用一隻雞來編故事了！」

「啊……原來真的是你！」艾萊夫人**轉哀為怒**，舉起手上的鞋子就向園丁打去，「快說！你快說！究竟把小象藏在哪裏！」

「**哎喲喲喲**——」園丁哀叫，「真的不是我，我真的不知道啊！」

「**打！打！打！**」猩仔吶喊助威，「打到他**從實招來**為止！」

就在這時，夏洛克突然眼前一亮，指着夫人手上的鞋子喊道：「**且慢！那鞋子！**」

鞋子的秘密

艾萊夫人被嚇得停下手來，問：「鞋子怎麼了？」

「那鞋子的**鞋底**，好像與窗框上的**鞋印**並不一樣！」

「甚麼？不會吧？」猩仔被嚇了一跳。

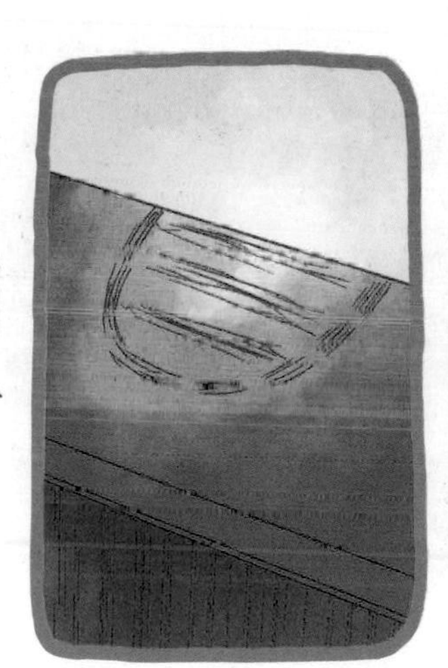

「伯母手上的鞋子是左腳的，我們可以對照一下**右腳的鞋子**。」說着，夏洛克把猩仔剛才扔下的鞋子撿起來，走到窗前，對照了一下**窗框上的鞋印**。

「怎樣？真的不同嗎？」

「窗框上的鞋印只有3條橫紋，但這鞋子上卻有4條橫紋，而且兩者橫紋的粗幼都不一樣。」夏洛克說。

「呀！」胖女傭忽然驚叫，「我認得，窗框上的鞋印可能是少爺另一雙鞋子留下的。我馬上去找找，看看那雙鞋子還在不在。」說罷，她就匆匆忙忙回到屋子去找了。

不一刻，胖女傭上氣不接下氣地走回來，緊張地說：「不得了！那雙鞋子不見了！」

「啊！小象一定是穿着那雙鞋子被擄走了。」管家說。

「可是……」艾萊夫人望向猩仔問道，「這

麼說的話，剛才的推理豈不是**完全錯誤**？」

不用說，夫人所指的是猩仔的推理，那就是——小象脫了左腳的鞋子，正想脫掉**右腳的鞋子**睡覺時，但還未來得及脫下，就被突然出現的綁匪要脅寫下字條。然後，他又被迫從窗口爬到外面去，在窗框上留下了**右腳的鞋印**。當綁匪把他扛在肩上離開院子時，他拚命掙扎，令腳上的鞋子甩掉，落在花圃的一盆玫瑰花旁。

「不！剛才的推理只是走了點彎路罷了。」猩仔並不服輸，「就算**鞋印**與留下的**鞋子**不同，也不代表小象沒有被綁架啊。」

「那麼，為何小象的鞋子一隻在**床下**，一隻卻在**花圃**中？」艾萊夫人問。

「這個嘛……」猩仔摸摸腮子想了想，突然眼前一亮，「**哈！我知道了！**」

「這麼快就知道了？」管家不敢相信。

「嘿嘿嘿，這個**腦瓜子**可不是一般凡人的貨色啊。」猩仔指指自己的腦袋，**不可一世**地説，「聽着！小象被綁架前，正在脱鞋子準備睡覺，當他脱掉了**左腳的鞋子**，把右腳的鞋子脱到一半時，突然察覺綁匪從窗口爬進來。在大驚之下，他就慌忙把**右腳的鞋子**脱下，並用力向綁匪**擲**去，想用鞋子來打走綁匪。可惜的是，綁匪一閃，避

過了鞋子。於是，鞋子就**飛出窗外**去了。」

「啊！原來是這樣啊！」胖女傭興奮得按着嘴巴讚歎，「太厲害了！小胖子——不，**猩·仔·神·探**實在太厲害了！」

「嘻嘻嘻，你太誇獎了，叫人有點不好意思呢。」猩仔裝作有點靦腆地笑道。

「可是……」夏洛克想了想，又提出質疑，「假設小象真的從床邊把鞋子擲向綁匪，那麼，鞋子應該掉在**窗外的不遠處**，不可能掉在**花圃**那麼遠的地方啊。」

「有道理！」管家説，「就算站在書房的中間擲出鞋子，以小象的臂力，也不可能擲到**花圃**去。」

「這麼説來，確

實也有道理。」艾萊夫人又望向猩仔，等待他的回應。

「嘿嘿嘿……」

猩仔**裝模作樣**地冷笑幾聲，「這麼簡單的答案，你們也想不出來嗎？原因就是——當綁匪扛着小象準備逃走時，發現那隻掉在地上的**鞋子**，他為防別人看到**起疑心**，就把鞋子**踢**到花圃去，把鞋子**藏**起來了。怎樣？這個解釋很完美吧？」

「**嘩！太完美了！**」胖女傭佩服得兩眼發亮，「換了我是綁匪，也會把鞋子**藏**起來呢！」

「過獎了。」猩仔咧嘴一笑，突然又轉向那個仍呆立着的園丁，大聲喝道，「說！你是不是避過了小象擲出的鞋子，逃走時，又把鞋子踢到花圃去！」

「我……我不知道你說甚麼？」園丁一臉恐懼地說，「我根本沒有綁架少爺，我只是綁架了一隻雞……不……我只是偷了一隻雞罷了。」

「看！連說話也說得一塌糊塗了，證明你心虛！」猩仔喝道，「現在已證據確鑿！還想狡辯嗎？」

「先不要管雞的事了，快告訴我吧，你究竟把小象藏在哪裏啊？」艾萊夫人向園丁**苦苦哀求**。

「我……我真的不知道啊。」園丁**哭喪着臉**回答。

「求求你，告訴我吧。**嗚……嗚……**怎辦啊？要是小象出了甚麼事……怎辦啊？**嗚……嗚……**」艾萊夫人說着說着，不禁**痛哭流涕**，那長長的鼻子也流下鼻水來。

管家看到，慌忙掏出手帕，讓夫人抹了抹鼻水。

就在那一瞬間，夏洛克看到，當夫人提起自己的鼻子去抹時，鼻子向旁晃動了一下，剛好滴下的鼻水也隨着晃動向旁濺去，滴在一呎開外的地上。

「啊……」夏洛克突然靈光一閃，立即走到園丁身後，仔細地把他從頭到腳地檢視了一遍。

「怎麼了？」猩仔訝異地問。

「擄走小象另有其人，並不是他！」

夏洛克指着園丁，以非常肯定的語氣對猩仔揚聲道。

夏洛克的分析

「甚麼？不是他？」眾人驚訝萬分。

「對！」夏洛克說，「你們看看他褲子的背面，連一丁點的血跡也沒有，又怎會是曾把小象扛在肩上的綁匪呢？」

「甚麼意思？」猩仔不明所以，「為甚麼他的褲子背面會有血跡？」

「道理很簡單啊，剛才艾萊夫人只是拿起鼻子晃動了一下，就把鼻水濺到一呎開外的地方去。」夏洛克解釋道，「如果園丁先生曾把

小象扛在肩上急急離開，小象那根下垂的鼻子自然會不斷**搖晃**，滴下的**鼻血**也該隨着晃動的鼻子**濺**到其褲子的背面呀。」

「**啊！**」聞言，管家慌忙走到園丁的身後看去，不掩驚訝地說，「是啊！**一點血跡也沒有呢！**這麼說來，他並沒有扛過小象，換句話說，他也不是綁匪！」

「啊……」艾萊夫人呆了一下，才向園丁道歉，「對不起，剛才**錯怪**了你。」

「沒……沒關係……」園丁鬆了口氣，「夫人明白就好了。」

說完，他以充滿敵意的眼神看了一下猩仔，說：「大家不要再輕信**小笨子**的說話就行了。」

「甚麼？」猩仔生氣地問道，「誰是**小笨子**？你說我嗎？」

「我……沒說你，你是**小胖子**，我說的是小笨子。」園丁**期期艾艾**地反駁。

「不管你說的是小胖子還是小笨子！」猩仔指着園丁的鼻子罵道，「別忘了，你就算不是綁匪，也是個**盜竊犯**！一個**十惡不赦**的偷雞賊！快說！究竟把那隻可憐的雞綁架到哪裏去了？」

園丁被猩仔**咄咄逼人**的氣勢嚇得連連後退，已完全不懂得抗辯了。

「哎呀，算了、算了。」管家連忙打圓場，「現在不是追究一隻雞的時候，最重要的是找回小象啊。」

「對，找回小象要緊。」胖女傭也附和。

「小象現在一定很害怕了……」艾萊夫人憂心忡忡地說，「怎麼辦呢？我們該怎麼辦才好呢？」

「首先，我認為應該把所有已知的線索重新檢視一次，看看能否從中找出真相。不過，由於已證明園丁先生是清白的，可以將地上的血跡和花梗上的棉絮從線索中撇除，以免干擾我們的思考。」夏洛克説着，道出了他的整理和分析。

①鞋子

線索：小象最喜歡的一對皮鞋（A），左鞋在床下，右鞋卻在花圃旁。此外，窗框上有一個右腳的鞋印，它來自小象一對不見了的皮鞋（B）。

分析：皮鞋A的左右鞋散落在不同的地方，其原因不明，但有一點比較清楚，那就是——小象是由於失去了皮鞋A的右鞋後，才穿上皮鞋B離開。由此推論，他很可能是自己攀出窗外離開的。因為，綁匪在作案時必會儘快擄走小象逃離現場，不可能讓他施施然地換好鞋子，才把他擄走。

②作業本

線索：書桌上的數學作業只做了一半，並沒有按艾萊夫人的吩咐按時完成。

分析：小象是個優等生，絕少不按時完成功課，換句話說，他可能做作業做到一半時受到一些干擾，令他不得不停止。這個干擾，應該與他攀窗離家有關。

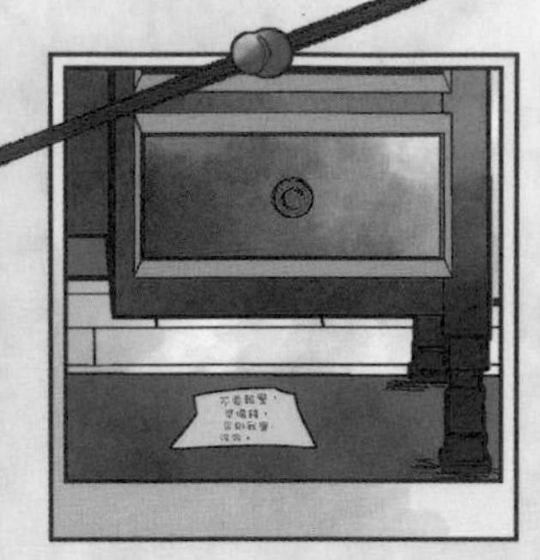

③字條

線索：書桌下有一張紙，上面有小象的留言，看似是一封被綁匪脅迫下寫成的勒索信。

分析：但綁架與搶劫和盜竊等犯罪不同，絕少會一時興起犯案。因為，綁架除了要選定對象外，還須事先準備好藏參地點和收取贖金的方法。所以，綁匪不可能沒準備好勒索信，而要指令小象寫下留言。

④瑞士巧克力

線索：書桌上有一盒瑞士巧克力，心形的那一格只餘下一塊，其餘9格都是滿滿的，看來並沒有被動過。

分析：可以選擇的話，我們吃糖果時大都會嘗試不同的形狀和口味，很少只集中吃一種。為何小象只挑心形的吃，卻沒有動其餘9格的巧克力呢？難道他根本沒有吃，只是隨機地抓一把取走？如果真的只是隨機取走，他為何要這樣做？

聽完這個分析後，胖女傭「**哇**」的一聲叫了出來，以敬仰的眼神看着夏洛克，欽佩地讚道：「**太厲害了！**實在太厲害了！分析得**頭頭是道**，一點破綻也沒有呢！」

「過獎了。」夏洛克被誇獎得有點尷尬，只好總結道，「就是這樣，基於**第①點**和**第③點**的分析，我的結論是——小象並非被綁匪擄走，他只是自己***離家出走***而已。」

「離家出走？」眾人全都呆住了。

「小象……小象他為甚麼要***離家出走***？」艾萊夫人驚訝地問。

「對？小象不像我這麼愛冒險，他又怎會離

家出走？」猩仔不服氣地說，「就算我的推理出了點偏差，你也不能**妄下判斷**啊！」

「是的，少爺是個**好孩子**，不會離家出走的！」管家激動地說。

「對！少爺是不會**離家出走**的！」胖女傭也附和。

「你看！大家都不同意你的結論呢。他一定是被擄走的啦！」

「是嗎？如果他是被擄走的話，為何不**呼叫**求救？在**夜闌人靜**的半夜裏，大家不可能聽不見呀。」夏洛克反問。

「啊……」艾萊夫人被**一言驚醒**，不禁茫然地說，「對……問得對，我們竟然沒想過這個問題呢。」

「**哇哈哈！**這個問題太簡單啦！」猩仔想也不想就搶道，「綁匪偷偷走進書房，一拳把小象**打暈**了，他就來不及呼救啦！」

「啊……說得也有道理呢。」管家說。

「不可能。」夏洛克一口否定，「忘記了小象的**留言**嗎？他被打暈了的話，又怎會在紙上**寫下留言**？」

「這倒也是。」管家搔搔頭。

「可是……我這麼疼愛小象，他一向又那麼乖巧聽話，又……又怎會無緣無故地離家出走呢？難道……難道我做錯了些甚麼？」艾萊夫人自言自語地呢喃，聲音中充滿了悲傷和沮喪。

聽到夫人這麼說，眾人都默然地陷入了沉思。

就在這時，一個細小的人影忽然在院子的閘門外出現。他探頭探腦往這邊看過來，不知道想找誰。

管家注意到了，於是說：「咦？那不是小比爾嗎？」

「小比爾？他是誰？」猩仔問。

「他是小象的同學，就住在附近。」管家

答。

「同學？」猩仔**煞有介事**地摸摸下巴，「唔……很可疑。說不定，他是綁匪派來**打探虛實**的呢。」

小象的同學

「哎呀，你的小夥伴不是解釋得很清楚了嗎？」胖女傭沒好氣地説，「小象是自己離家出走的啊。」

「哼！甚麼小夥伴！他只是我的手下，不由他説了算！」猩仔一臉不屑地拋下這句説話，就往閘門那邊跑去。

夏洛克見狀，也只好跟着去看看。

「喂！小鬼！」猩仔跑近後喝問，「鬼鬼祟祟的，你在這裏幹甚麼？」

「我？我沒幹甚麼呀。」小

比爾雖然被猩仔嚇了一跳，但仍強裝鎮靜地反問，「你是誰？問這些幹嗎？」

「嘿，我嗎？」猩仔神氣地挺起胸膛，雙手叉着腰高聲說，「我就是**天下無敵**、**舉世無雙**、**料事如神**的少年偵探！」

聞言，小比爾被嚇得呆住了，他好不容易地吞了口口水才懂得應道：「天……天下無敵？偵……**偵探**？」

「哇哈哈！看你傻乎乎的，一定記不牢這麼厲害的稱呼了。」猩仔**不可一世**地擺擺手道，「算了，算了，就叫我**猩仔神探**吧！」

「神……神探？」小比爾害怕地問，「你……你是**警察**派來的嗎？」

「嘿嘿嘿，差不多啦。」猩仔指指走近的夏洛克，**大言不慚**地說，「我帶領這個手下一起破了不少奇案，出入蘇格蘭場就像上廁所那樣，一天總得進出幾次呢。」

「像上廁所那樣……進出蘇……蘇格蘭場？」小比爾看來更害怕了。

「喂！你是鸚鵡嗎？重複我的說話幹嗎？你還沒回答我，鬼鬼祟祟的來這裏幹甚麼啊？」猩仔喝問。

「我……」小比爾期期艾艾地答道，「我……只是想來……來找小象媽……不，來找小象去玩罷了。」說完後，就像掩飾心中有鬼似的，生硬地咧嘴一笑。

「**啊？**」就在小比爾咧嘴一笑的一剎那，夏洛克感到心中「**噗咚**」一聲響起，他知道自己已發現了些甚麼。

「他說找小象。」猩仔轉過身去，湊到夏洛克耳邊低聲說，「就是說，他並不知道小象失蹤，沒有可疑呢。」

「可是──」

未待夏洛克回應，猩仔就向小比爾**下逐客令**：「小象不在家，***走、走、走***，快走吧！」

「不……不在家嗎？那麼我走了。」小比爾急忙點點頭，就匆匆地轉身離開。

夏洛克想了想，馬上跑回去向艾萊夫人他們說：「你們等一下，我和猩仔去找小象，順利的話，很快就會把他**帶回來**！」

說完，夏洛克馬上跑回去拉着猩仔穿過閘門，急步往小比爾追去。

「小比爾有可疑，快追！」夏洛克邊跑邊說。

「甚麼？那傻乎乎的小鬼有甚麼可疑？」

「你沒看到他**咧嘴一笑**嗎？」

「看到呀，那又怎樣？」

「**牙齒**！他的牙齒！」

「牙齒怎麼了？難道鑲了金？」

「不，我是指牙齒上**黏着的東西**。」

「明白了！他沒刷牙！」

「不是啦，我指的是黏着深褐色的東西呀。」

「哇！好髒啊！他一定好幾天沒刷牙了！」

「哎呀！我說的是巧克力呀！」

「巧克力？」

「對，他看來剛吃過巧克力。」

「啊！」猩仔猛地剎停腳步，恍然大悟地說，「我明白了！巧克力！他吃過小象的巧克力！」

「對！如果他吃的是心形巧克力，就非常可疑了。」夏洛克也停下來說。

「豈有此理！」猩仔憤憤然說，「小象竟然那麼偏心，把**我的巧克力**先讓那小子吃了，實在太可惡啦！」

「**甚麼？**」夏洛克沒想到猩仔竟然會這樣說，登時呆住了。

「你果然是我的好手下，把這麼**重要的信息**告訴我！」猩仔突然緊握着夏洛克的手，感激地說，「放心，我現在就去把那小子教訓一頓，奪回我與小象有如瑞士巧克力般、**甜而不膩**的**偉大情誼**！」

聞言，夏洛克雙腿一歪，當場摔倒在地上。

「**小鬼！站住！不要走！**」說時遲那時快，

猩仔已用力一蹬，全速往小比爾的背影奔去。

「不！我不是那個意思呀！」夏洛克大驚，馬上站起來追去。

聽到叫聲，小比爾回頭一看，只見猩仔殺氣騰騰地衝來，嚇得一個轉身拔腿就逃。

可是，猩仔跑得快，他很快就追上了可憐的小比爾。

「小屁孩！快把巧克力拿出來！」猩仔一手抓住小比爾的肩膀，兇神惡煞地叫道。

「巧……巧克力？甚麼巧克力？」小比爾惴惴不安地說，「沒……沒有呀。」

「沒有？」猩仔大喝一聲，「沒有的話，為甚麼見到我就逃？而且，為何你的牙縫都是黑黑的，黏滿了巧克力？」

聞言，小比爾吃了一驚，看來知道瞞不過去，只好誠惶誠恐地從口袋中，掏出一團被紙包着的東西。

猩仔一手奪過紙團，急急打開一看，果然，紙內包着的是幾塊心形巧克力！

這時，已追到來的夏洛克不禁失聲叫道：「一模一樣！和你吃掉的那塊心形巧克力一模一樣呢！」

猩仔大怒，厲聲向小比爾喝問：「說！你為甚麼搶去我的巧克力？」

「你的？」小比爾一怔，有點慌張失措地說，「那……那是媽媽……今……今早才折

出來給我吃的啊。」

「還敢說謊！這分明是小象本來準備送給我的！你居然**捷足先登**，太可惡了！」

「不……不……不是啊，真的是媽媽**今早**才拆出來給我吃的啊。」

「豈有此理，還說謊！想**挨揍**嗎？」猩仔舉起拳頭恐嚇。

「且慢！」夏洛克慌忙制止，「巧克力雖然相同，但我們不能一口咬定，說那是小象的啊。」說罷，還使勁地向猩仔眨了眨眼。

猩仔意會，只好鬆開了抓住小比爾的手說：「算你走運，要不是我的手下好人，我一定狠狠地教訓你一頓！」說罷，把那包巧克力塞回給小比爾。

小比爾接過巧克力後，嚇得馬上轉身就走。

待他走遠了，夏洛克才說：「那些巧克力應該是小象的，我們悄悄地跟着他吧。」說完，馬上往小比爾的方向跟去。

「甚麼？」猩仔有點生氣地邊走邊問，「明知是小象的，為甚麼還要放走他？」

「這叫**欲擒故縱**，只要跟着他，説不定就能找到小象了。」夏洛克**成竹在胸**地説。

「真的？」猩仔一臉疑惑地看着夏洛克，「你好像**信心滿滿**的，為何這麼有把握？」

「沒看到那些**心形巧克力**嗎？那就是答案呀。」

「甚麼意思？」

「那一層薄薄的**白霜**呀。」

「白霜？」

「對，巧克力表面的那層白霜，足以證明小比爾剛才**説謊**。」

「為甚麼？」

「因為密封的木盒防潮，剛開封的巧克力是不會有**白霜**的。」夏洛克說，「可是，巧克力被拆封後放進口袋中，當中含有的**可可脂**就會受到**體溫**的影響而滲到巧克力的表面。接着，掏出這些巧克力放一晚後，溶化了的可可脂又會**凝結**起來，變成一層**白霜**。」

「那又怎樣？」猩仔仍然不明白。

「那就足以證明，小比爾的巧克力不是**今早**拆封的。我估計，它們應是小象**昨天**給他的。不過，他把吃剩的放了一晚，今早又拿出來吃，我們就能看到那一層**白霜**了。」

「哇！你好厲害！竟懂得這麼多！」猩仔驚訝地說，「我完全不懂這些知識呢。」

「你還好意思說？」夏洛克沒好氣地說，「我除了觀察，還會**尋根究底**，但你卻只懂得**吃、吃、吃**！」

「哇哈哈！**懂得吃**也很重要啊。要不是我懂得吃，你也不會在巧克力中發現**線索**吧。」猩仔**恬不知恥**地說。

「咦？看！他正向一所大宅走去呢。」夏洛克指着小比爾遠遠的背影說。

「管家說他就住在附近，看來那是**他的家**。快！趕緊追上去看看。」

兩人加快腳步追去，很快就縮短了與小比爾的距離。

走着走着，當走到那所大宅的閘門前時，小比爾卻**過門不入**，逕直繞到大宅的後面去。

「唔？難道他不住在這裏？」猩仔說。

「不管怎樣，先跟着他，別讓他走丟了。」夏洛克再加快了腳步。

兩人追近後，看到小比爾已繞到**屋後的花園**外，他四處張望了一下，確認沒有人後，就悄悄地推開**後院的閘門**走了進去。

「那小子偷偷摸摸的，非常可疑！」猩仔說。

「對！快追上去看看。」夏洛克說罷，拔足就跑。猩仔慌忙跟上。

兩人很快就跑到了閘門外。這時，他們看到小比爾正穿過後院的小樹林，往一所簡陋的小屋走去。

「怎辦？」夏洛克在閘門前有點遲疑。

「還能怎辦？當然是跟上去看看啦。」

「但這是私人地方，闖進去的話——」

未待夏洛克說完，猩仔已一手拉開閘門，直

往小比爾奔去了。夏洛克見狀，也只好硬着頭皮跟上。

「**臭小子！站住！**」猩仔追近後大喝一聲。

小比爾被嚇了一跳，呆站在小屋前不敢動彈。

「我們已查明真相了！」猩仔跑到小比爾的面前**怒目相向**，「快說！小象的巧克力為何會在你手上的？」

小比爾一動不動地呆望着猩仔，不一刻，更「**哇**」的一聲大哭起來。

「臭小子！我還未動手就哭，你哭甚麼？」猩仔罵道。

「嗚……嗚……小象……小象……他……」小比爾哭得泣不成聲，「他……死……死了……嗚嗚嗚……」

心形巧克力

「**甚麼？你說甚麼？**」夏洛克聞言，不禁大吃一驚。

「**死了？**」猩仔也被嚇得呆在當場。

「先別哭，你說小象死了，究竟是怎麼一回事？」夏洛克壓制着心內的驚恐，冷靜地問。

「他……他**昨天晚上**來找我，說沒做好功課，怕媽媽不開心。於是，就叫……叫我收留他……」小比爾哭喪着臉，斷斷續續地說，「我本來不肯的，但他給了我一包**心形巧克力**，我又想起園丁請了幾天假，就……就帶他來這所**園丁的小屋**，讓……讓他暫時住一天……可是……」說到這裏，小比爾只懂得拚命地用手背擦眼淚，已沒法說下去了。

夏洛克輕輕地掃了掃小比爾的背，安慰道：「明白了，你和小象是**好朋友**，於是收留了他。那麼，他出了甚麼事？為何會死了？」

「我……我今早來看他……沒想到，他睡在床上，我怎麼叫他，他……也**沒有反應**……我才知道，他已死了……**嗚嗚嗚**……」

聞言，猩仔壓制不住**滿腔怒火**，一股勁

兒衝到門前，正想推門進去查看時，卻發現門上掛着一把**大鎖**。

「**豈有此理！**為甚麼把小象鎖起來？」猩仔怒問。

「我怕……怕有人走進去看到他啊。」小比爾**哭喪着臉**答道。

「開鎖！快！」猩仔命令。

「知道……」小比爾從口袋中掏出鑰匙，**顫顫抖抖**地開了鎖，讓兩人走了進去。

屋內的窗簾全被拉上了。在簾縫透進來的微弱光線下，夏洛克看到屋的中央有一張桌子，桌上放着一個**茶壺**和一個盛着半杯水的**玻璃**

杯。

「沒人呀。」猩仔問，「人呢？人在哪兒？」

「在……在裏面……」小比爾**瑟瑟發抖**地應道。

兩人馬上走進隔壁的房間，那是一間**臥室**，但裏面跟客廳一樣，窗簾也被拉上了，只透進一抹**暗淡的微光**。夏洛克連忙拉開窗簾，讓外面的光照亮了室內。這時，猩仔和夏洛克發現靠牆的位置有一張**雙層床**，中間則擺着一張小桌子，桌上有一個放着**兩片麵包**的碟子和一套擺得很整齊的刀叉。很明顯，沒有人動過那兩片麵包。

「小象呢？他在哪兒？」猩仔焦急地問。

「他……他在床的**上層**。我本來叫他睡下層的，但他……他卻要睡到上層去。」小比爾站在門旁，不敢走近。

猩仔緊張地看了看夏洛克，又看了看那張雙層床，然後用力地吞了口口水，**鼓起勇氣**抓着梯子攀到上層去。

「啊……」他看見一個細小的身體，紋絲不動地蜷縮在床上，還發出輕輕的鼾聲。

「活見鬼！」猩仔驚叫，「這不是小象！他是個活人。喂，你是甚麼人？」

那個細小的身體發出「嗯」的一聲，和輕輕地挪動了一下。猩仔用手捅了他一下後，他略微轉動身體，把臉朝到這邊來。但猩仔的身影剛好擋住了窗外透進來的光線，剎那間無法看清那小孩的臉容。

「你……是誰？」那個小孩有氣無力地問。

這時，猩仔已適應了暗淡的光線，他定睛一看，不禁「**哇**」的一下叫出聲來。

「**小象？你不是小象嗎？**」猩仔看到眼前的小象臉容憔悴，與他認識的小象完全是兩個樣子，說得誇張一點，簡直就是個**活死人**。

「**猩仔⋯⋯？**你是猩仔？你⋯⋯你怎會⋯⋯？」小象臉上露出意外的表情，他看了看下邊，發現小比爾和夏洛克時，就緩緩地在床上坐了起來。

「**哇！死人復活呀！**」

小比爾被嚇得大叫，一個急轉身，就**奪門而去**，一溜煙似的跑走了。

「太好了！太好了！原來你沒有死！快下來吧！」猩仔一邊興奮地大叫，一邊催促小象下床。

「你知道嗎？伯母以為你被人綁架了啊！」待小象從上層床攀下來後，猩仔已按捺不住，激動地把他一抱入懷。夏洛克在旁看着，也不禁有點感動。

「**來！**待我介紹手下給你認識——」猩仔放開小象，正想說下去時，小象卻**搖搖晃晃**的，忽然「**啪嗟**」一聲倒在地上。

「怎麼了？他怎麼了？」猩仔被嚇得不知如何是好。

夏洛克慌忙俯身摸了摸小象的額頭，緊張地說：「好燙手，他好像**發高燒**。」

「發高燒？不得了！」猩仔大驚，他立即蹲下來用力揹起了小象，**沒頭沒腦**地往外就跑。

夏洛克連忙在後面跟着，並大聲問道：「猩仔！你想揹他到哪裏？」

「**還用問嗎？當然是揹他回家啦！**」

猩仔拚命地跑。

夏洛克好不容易才能跟上，他沒想到平時跑多兩步也喊累的猩仔，竟然會跑得這麼快。

「**挺着挺着！我現在揹你回家，很快就到了！**」猩仔大叫。

跑了幾十碼後，猩仔「呼呼嚕嚕」的已**氣喘如牛**。但他仍不斷向伏在他肩膀上的小象喊道：「**挺着啊！很快就到了！**」

「猩仔，要不要讓我揹揹？」夏洛克大聲問。

「不！我還行！」

「媽……媽媽……」這時，**神志不清**的小象突然在猩仔耳邊呢喃。

「**嗄……嗄……別……別擔心！**

我……我……現在就揹你去找你媽媽！」猩仔氣喘吁吁地應道。

「媽……媽媽……作業……我還未做好作業……」小象呻吟似的**夢囈**，仿似**自責**，也像發自內心深處的**哭訴**。

這時，猩仔不但已滿頭大汗，連兩個臉蛋也漲紅了。夏洛克看到，他那雙佈滿了血絲的眼睛，還閃耀着**晶瑩的淚花**。

「傻瓜！」猩仔顫抖着聲音罵道，「還未做好作業又怎樣？**學我呀！我才不管呢！盡了力不就行嗎？傻瓜！小象，你真是個太傻瓜啊！嗚……嗚……嗚……嗚！**」

溫馨的回憶

「最後，他還一邊跑……一邊號哭……」福爾摩斯閉着眼睛憶述，「那傢伙為了討些巧克力吃，跑去巴結小象，但沒想到在**關鍵時刻**，卻因同情小象而**痛哭**，更為了搶救小象，一口氣**狂奔**了幾百碼。」

「這麼說來，李大猩也真了不起，他說自己

在兒時曾救回一個被『綁架』的小孩，也不能說是自吹自擂呢。」聽完福爾摩斯的回憶後，華生也深有同感地說。

「是的，那傢伙雖然愚蠢又自大，但也有非常可愛的一面。」

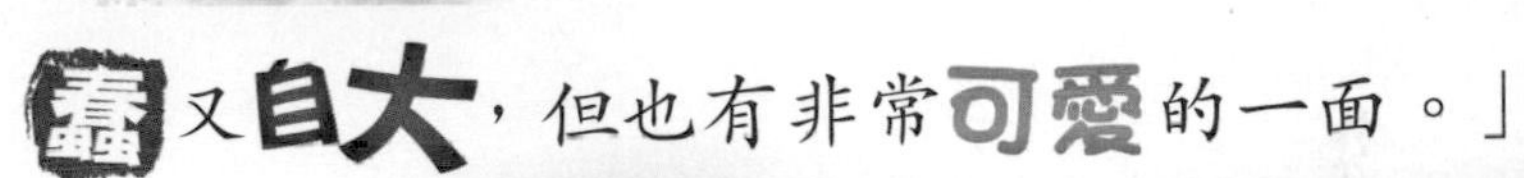

「對了，後來小象怎麼了？他沒事吧？」

「他只是一整天沒吃東西，在飢寒交迫下，虛脫得發高燒而已。據說休息了幾天後，很快就康復了。」

「那麼，你知道他離家出走的原因嗎？」華生問。

「他沒有說，當時我也不太清楚。」福爾摩斯深深地歎了口氣，「不過，事後回想，我覺得可能是艾萊夫人過高的期待，形成了一股無形的壓力，把小象壓得喘不過氣來。最後，小象在那個做不完作業的晚上被壓得徹底崩潰，為了逃避現實，就留下字條離家出走了。」

華生想了想，再問：「你還

沒說小象最喜歡的**那雙鞋子**，為何一隻在**床下**，另一隻則被丟在**花圃**中呢。」

「是嗎？我還沒說嗎？其實，那雙鞋是小象自己扔的。他由於做不完作業，為了發泄心中的**怨氣**，就把一隻鞋扔到窗外去。當他攀窗離開時，又把它踢到**花圃**中。至於另一隻，則是他脫鞋時甩到**床下**去的。」

「原來如此……」

「看來，在小象心中，那雙媽媽送給他的鞋子，只是一個必須做好作業的**象徵**。他把恨意都**發泄**在那雙鞋子上了。不過，事發後一個月，我在街上看見他的**背影**……」福爾摩斯的眼底再次浮現出小象的身影，「不知怎的，我感到他顯得

生氣勃勃，不久前的抑鬱好像已**煙消雲散**。而且，他穿着的那雙鞋子好眼熟。看到了**那雙鞋子**，我知道，他已和媽媽和解了……」

科學小知識

巧克力的脂霜

一般的巧克力，都會包含以下幾種成分：

❶ 可可脂：從可可豆中提煉出來的油脂。

❷ 可可糊：磨碎可可豆的胚乳製成，當中也含可可脂。

③ 砂糖

❹ 奶粉

剛拆封和保存良好的巧克力，表面會有光澤，看起來很漂亮。反之，保存得不好的巧克力，往往會蒙上一層白霜，看起來好像發了霉似的。其實，那些白霜並非霉菌，而是因為巧克力受到溫度和濕度影響，令主要成分的可可脂溶化，在滲到巧克力的表面後又凝固成一顆顆微細的結晶，光線照射到這些結晶上時產生不規則的反射，於是，這些巧克力看起來就像蒙了一層白霜了。這個現象，英文稱為「Fat Bloom」（脂霜）。還有一種叫「Sugar Bloom」（糖霜），在這種情況下，那些白霜則是糖的結晶。

「結霜」的巧克力雖然還可以吃，但味道卻會變差。所以，放置巧克力時，要避免放在高溫的地方。如氣溫太高，最好還是把它們放在冰箱中呢。

可可糊
砂糖
奶粉
可可脂

福爾摩斯科學小實驗

巧克力的瞬間凝固！

請先準備以上物品。

把一小碗巧克力置於熱水中，令巧克力溶化成漿狀。

用湯匙把巧克力漿攪勻，
並讓巧克力漿黏在湯匙上。

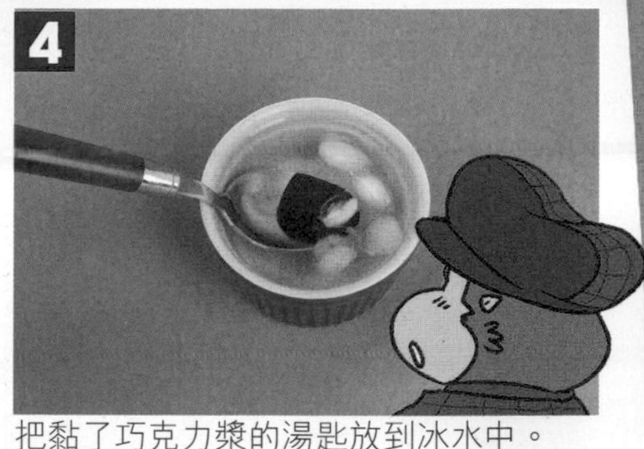

把黏了巧克力漿的湯匙放到冰水中。

從冰水中取出湯匙。

看！巧克力漿已在湯匙上凝固了呢！

科學說明

在標準氣壓下，水的凝固點是0℃。但在0℃時，水要經過一段時間才能凝固成冰。可是，為何巧克力漿在0℃左右的冰水中瞬間就凝固了呢？原來，含有大量可可脂的巧克力漿，其凝固點大約在20℃左右，比水高得多。所以，當湯匙上那層薄薄的巧克力漿遇上遠低於其凝固點的冰水時，就會在瞬間凝固了。同一道理，如果水在遠低於其凝固點的零下幾十度時，也一樣很快就會結成冰呢！

巧克力①

你知道怎樣保存
巧克力才最好嗎？

想不到吧？放在
18℃的酒櫃最佳啊。

其實……我有
更佳的地方。
?

那就是
我的肚子！

巧克力②

巧克力豆
真漂亮！

我喜歡
吃橙色，
你喜歡吃
甚麼顏色？

當然是
五顏六色啦。

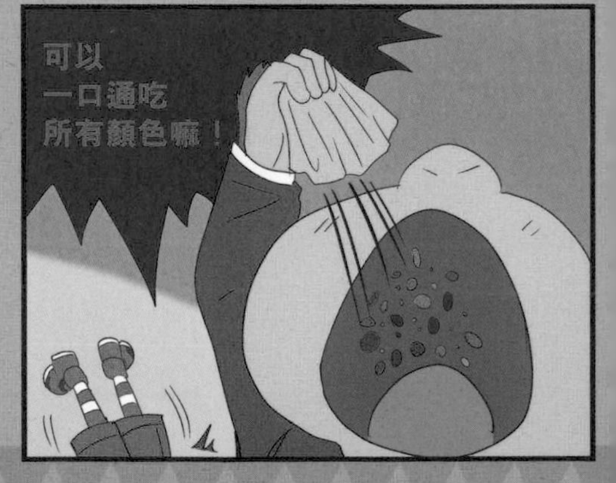
可以
一口通吃
所有顏色嘛！